Nonno

A tutti i nonni
e le nonne.

Traduzione di Michele Piumini
Titolo originale: *My Grandpa*
Prima pubblicazione 2012, Macmillan Children's Books, Londra,
marchio di Pan Macmillan

Progetto grafico di Arianna Osti

ISBN 978-88-6714-641-3

www.edizioniel.com

ALBUMINI

Nonno

MARTA ALTÉS

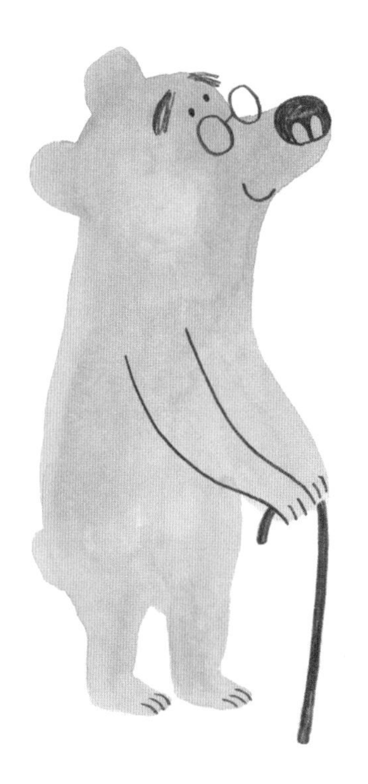

EMME EDIZIONI

Nonno sta invecchiando...

Qualche volta si sente solo.

Ma poi arrivo io!

Quando sta con me, Nonno sorride.

Quando sto con lui, io volo!

Ogni tanto fa cose da vecchio.

Ogni tanto sembra un bambino.

Capita che non mi riconosca...

ma un abbraccio risolve tutto.

Certi giorni,
io sono i suoi occhi...

Certi giorni, lui è i miei.

Insieme abbiamo viaggiato il mondo...

Ma a volte lui si perde.

Nonno sta invecchiando...

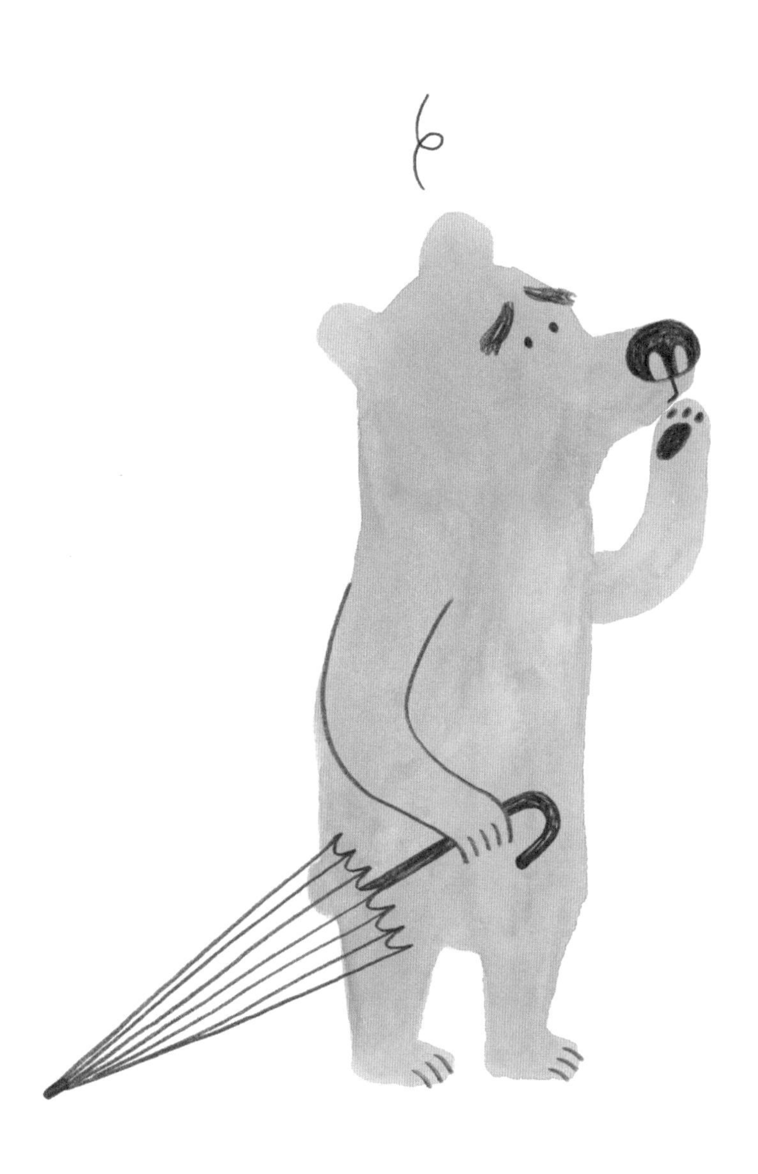

Ma è fatto cosí...

e io gli voglio tanto bene.

Finito di stampare nel mese di febbraio 2017
per conto delle Edizioni EL
presso G. Canale & C. S.p.A., Borgaro Torinese (To)